La main dans le sac

Données de catalogage avant publication
de la Bibliothèque naitonale du Canada

Fournier, Anne-Marie, 1986-
La main dans le sac

(Cavales)
Pour les jeunes de 9 ans et plus.
ISBN 2-921463-63-6

I. Titre. II. Collection.

PS8561.O835678M34 2002 jC843'.6 C2002-900844-1
PZ23.F68Ma 2002

Les Éditions L'Interligne remercient le Conseil des Arts du Canada, la Ville d'Ottawa, le ministère du Patrimoine canadien par l'entremise du PADIÉ et du PICLO et le Conseil des arts de l'Ontario de l'aide apportée à leur programme de publication.

Canada

Les Éditions L'Interligne
255, ch. de Montréal, bureau 201
Ottawa (Ontario) K1L 6C4
Tél. : (613) 748-0850 / téléc. (613) 748-0852
Courriel : edition@interligne.ca

Conception de la couverture : Christian Quesnel
Mise en pages : Arash Mohtashami-Maali
Correction des épreuves : Jacques Côté

Distribution : Diffusion Prologue Inc.
Tél. sans frais : 1 800 363-2864

Dépôt légal : premier trimestre 2002
Bibliothèque nationale du Canada

De la même auteure
chez le même éditeur

Mystères et chocolats, roman, 2001.
Une rentrée en clé de sol, roman 2003

Anne-Marie Fournier

La main dans le sac

roman

Collection « Cavales »

À toutes les personnes
qui m'ont encouragée,
qui m'encouragent
et qui m'encourageront toujours.

Chapitre premier

Je m'appelle Zoé

– Demain ! Demain ! C'est demain ! dis-je en entrant dans la pièce.

J'adore aller au camp de vacances ! Je me présente : Zoé St-Hébert. J'ai 13 ans. Je suis d'origine haïtienne, j'ai de longs che-veux noirs et le teint plus ou moins foncé. Ma meilleure amie, Maude, aime beaucoup mes cheveux. J'habite à Vankleek Hill, dans l'Est ontarien. À part Maude, j'ai un autre meilleur ami : Martin. Justement, nous sommes chez celui-ci pour voir ce que nous allons apporter dans nos bagages. Parce qu'à chaque année, depuis que nous sommes tout jeunes, nous allons au Camp 2 Montagnes, dans un village situé au nord d'Ottawa. Nous y allons toujours à la mi-août, mon temps de l'année préféré !

– Alors, croyez-vous que nous allons jouer au basket-ball ? demande Maude en regardant son T-shirt favori. Je pourrais l'apporter ?

Mon ami Martin, le grand blond athlétique aux yeux bleus, me regarde et hausse les épaules.

– On ne sait jamais, ça pourrait peut-être nous porter chance encore une fois, dit-il.

Je lui fais un sourire. Nous avions arrêté un criminel à l'aide du chandail de Maude. Je dirais plutôt grâce à nos talents de détectives, mais...

– Espérons qu'il y aura beaucoup de nourriture au camp, dit Maude. Je devrais peut-être faire provision de guimauves, au cas où ?

Martin éclate de rire. Nous savons tous que Maude adore manger...

– Maude, si tu continues comme ça, les moniteurs vont te suspecter au sujet des vols de nourriture à la cafétéria du camp ! dis-je.

Martin éclate de rire une fois de plus. Soudain, je m'aperçois qu'il manque une chose importante dans mes bagages...

– Maude, as-tu mon carnet de notes ?

– Je crois qu'il est sur la commode de Martin ! me répond-elle.

Je ne vais jamais nulle part sans papier ni crayon, deux outils essentiels à tout bon détective ! On ne sait jamais quel mystère va nous surgir sous les yeux ! Mes amis disent souvent que je prends ça trop au sérieux. C'est que, voyez-vous, j'adore résoudre des enquêtes. Je veux devenir aussi célèbre que Sherlock Holmes ! J'aime bien prendre des notes. Ce que je déteste, par contre, ce sont les voyages en avion ! On doit s'imaginer le contraire, car mon père est pilote d'avion, mais j'ai la phobie de tout ce qui a des ailes, en particulier les oiseaux !

Il commençait à faire noir ce soir-là lorsque le père de Martin est venu nous reconduire en auto à la maison.

– J'ai hâte en sainte pinotte de revoir les moniteurs et les amis du camp ! me dit Maude en utilisant son patois préféré. Ses cheveux roux frisés volent avec le vent venant de la fenêtre entrouverte. Elle ajuste ses lunettes sur son nez.

Je réponds :

– Moi aussi, j'ai hâte ! Que j'ai hâte !

Le père de Martin trouve tout cela très drôle.

Chapitre deux

Bagages et long voyage

Ce matin, je suis en pleine forme ! Ma valise est prête : mes vêtements sont bien entassés, avec mon baladeur, mes crayons, mes calepins. Tout y est. En entrant dans le salon, je vois que mon frère est déjà prêt à me reconduire jusqu'à l'arrêt d'autobus. Dominic a 22 ans, il est policier et je m'entends très bien avec lui. Mon frère me regarde avec un drôle d'air, tout à coup.

– Zoé, ma chère Zoé, tu as mis ton chandail à l'envers !

Il rit et je lui fais mon regard de petite sœur désolée...

– Désolée ! dis-je en riant à mon tour, je vais me changer.

J'aime bien le T-shirt du camp. Il est vert émeraude, ma couleur préférée. Il y a deux montagnes (comme de raison) sur la manche de gauche. Sur le devant, il est écrit, en lettres jaunes, le nom du camp avec un petit feu de joie en dessous.

– Zoé ! Les bagages sont dans la voiture ! Tu viens ? Embarquement immédiat ! me crie Dominic de dehors. Mes parents viennent me dire au revoir, et je m'installe dans la voiture.

Nous allons chercher mes amis. Avant de nous rendre à l'arrêt d'autobus, nous arrêtons prendre un petit déjeuner dans un bon restaurant de Vankleek Hill. Pendant que nous commandons, Dominic me dit qu'il doit aller faire le plein à la station-service juste à côté.

– Est-ce que tout le monde a sa lampe de poche ? demande Martin.

– Oui, chef ! dit Maude en riant.

Je demande à mes amis :

– Est-ce que tout le monde se rappelle le code ?

– Mais oui, dit Martin, penses-tu que nous avons oublié quelque chose d'aussi important ? Il engloutit tout un quartier d'orange.

Voyez-vous, le code des lampes de poche date de très longtemps. Lorsque nous étions petits, nous nous cachions dans les bois avec nos lampes de poche et nous nous envoyions des « messages-lumières » qui ressemblent un peu au code morse. Personne ne se doute que notre code existe. J'en suis fière ! Parole de Zoé !

Dominic revient et il mange son déjeuner pendant que nous discutons des activités que nous espérons faire au camp.

Finalement, Maude a terminé son « inspection » des toilettes, et nous pouvons aller rejoindre les autres à l'arrêt d'autobus. Tout le monde y est !

Martin va discuter avec son copain Jérémie pendant que Maude me raconte quelques blagues. Elle en déjà est à la cinquième, quand j'aperçois un autobus du camp au coin de la rue.

J'entame la chanson de ralliement du camp et tout le monde se joint à moi :

« *2 Montagnes ! 2 Montagnes !*
Des marmottes, des écureuils,
Du plaisir, des moniteurs,
2 Montagnes, 2 Montagnes
Pour bien rire et s'amuser ! »

Tout le monde crie et applaudit, et nous montons dans l'autobus. Nous sommes une trentaine de jeunes.

– Martin, tu veux partager mon banc ?

– Mais oui, Zoé ! J'ai le goût d'embêter Maude, de toute façon, dit-il avec un sourire moqueur.

– Martin ! Allons, vers l'arrière ! répond Maude pour changer de sujet.

Martin lui donne une petite poussée amicale sur l'épaule et s'installe avec moi.

J'attrape mon sac à dos et je le dépose sur la banquette en face de nous. Maude est à notre gauche avec Jérémie.

Nous discutons tous ensemble en regardant les gens monter dans l'autobus. Soudain c'est le départ !

– J'aimerais m'exercer à la natation cette année, me dit Martin. J'ai pris des cours de nage avant les vacances et je voudrais les mettre en pratique.

– Ça pourrait te garantir un futur emploi au camp ! dis-je en regardant par la fenêtre.

– Ouais ! Je pourrais vous apprendre le langage « Martin » sous l'eau ! Bll bll bla-bllo !

Nous nous esclaffons. Soudain, j'arrête de rire. Mes amis aussi. J'aperçois cette horrible Katia, avec son air snob et son sourcil haussé.

– Ah ! Mais ce sont les charmants amis, dites-moi ! Alors, vous êtes encore collés les uns aux autres ?

Elle éclate de rire méchamment.

– Katia, pour ton information, si nous sommes toujours ensemble, ça veut dire que nous sommes amis, rétorque Maude, et je ne crois pas que tu en aies beaucoup dans cet autobus !

Katia hausse encore un sourcil en nous regardant.

– Fichez-moi la paix, sinon je peux vous en faire voir de toutes les couleurs au camp ! Hmpf ! dit-elle en s'éloignant.

– Pff ! ! Si elle croit qu'elle va réussir à nous faire peur ! dis-je.

Je hausse les épaules et ferme les yeux.

Après avoir dormi environ une demi-heure sur l'épaule de Martin, j'entends Jérémie s'écrier :

– Le camp ! C'est le camp ! Nous sommes arrivés ! Youpi !

Tout le monde commence à s'agiter et les campeurs s'apprêtent à descendre.

– Enfin le camp ! J'avais mal aux fesses en sainte pinotte, moi ! s'exclame Maude en rigolant.

– Zoé ronflait sur mon épaule, ajoute Martin en riant lui aussi.

Il me lance mon sac et nous nous retrouvons tous dehors.

J'observe un peu les lieux. L'arche de bois à l'entrée du camp n'a pas changé. En grosses lettres rouges, il y est écrit : Bien-venue au Camp 2 montagnes !

Un peu plus loin, à notre droite, il y a la salle communautaire. Tous les bâtiments du camp sont faits en bois. À notre gauche, se trouve le terrain de tir à l'arc. À l'autre extrémité du camp, c'est le fameux Lac aux Poissons.

Au centre, il y a un endroit pour faire les feux, et les cabanes sont tout autour. D'un côté, les garçons ; de l'autre, les filles. Et près de la salle communautaire, il y a le terrain de basket-ball. Maude est tout excitée : elle adore ce sport.

M. Grosbois, le directeur du camp, est au centre avec une monitrice. Il a un micro et des papiers dans ses mains. Il est un peu nerveux, car il passe souvent sa main dans ses cheveux devenus poivre et sel au fil des ans.

– Je crois que nous sommes le dernier groupe arrivé, dit Maude.

– Hum ! Hum ! Votre attention ! dit le directeur.

Un bruit strident résonne dans la foule. Katia pousse un soupir d'exaspération. M. Grosbois enchaîne :

– Bienvenue au Camp 2 Montagnes ! J'espère que votre séjour ici vous plaira ! Je suis M. Grosbois, le directeur !

Quelques rires dans la foule. M. Grosbois ne semble pas s'en apercevoir.

– La semaine dernière, nous avons eu des problèmes avec des séries de vols. J'espère que ça ne se produira plus…

– Des séries de vols, dit Martin, songeur. Ça peut être intéressant !

– Je vais maintenant procéder à la répartition des chalets, par ordre alphabétique.

– Youpi ! s'écrie Maude, nous allons encore être dans la même cabane ! St-Hébert et Thibodeau, ça se suit !

– Et moi, dit Martin, j'espère être avec Jérémie ! Tassé, Tremblay !

Il donne un petit coup de coude à Jérémie. M. Grosbois livre quelques directives et nous allons ensuite à la rencontre de nos moniteurs.

Chapitre trois

Une lettre qui en dit long

— On se revoit au dîner ! crie Martin en s'éloignant avec son copain.

Nous nous approchons d'une fille blonde, très souriante. Elle se présente:

– Bonjour, je m'appelle Sophie, nous dit-elle. J'espère que nous allons avoir beaucoup de plaisir ensemble !

Elle nous regarde tour à tour, essayant d'associer les noms aux visages. Elle commence à marcher en direction de notre cabane.

– Ah non ! soupire Maude.

– Quoi ? Que se passe-t-il ?

– Regarde, Zoé ! Katia est avec nous encore cette année, sainte pinotte de sainte pinotte !

Elle regarde Katia. Cette dernière s'apprête à nous faire une grimace quand Sophie ouvre la porte.

– Wow, wow ! C'est super, comme cabane ! Mieux que l'année dernière ! s'exclame Maude, en oubliant la grimace.

– Les filles, je veux que tout soit hyper propre en tout temps ; nous sommes quatre, cinq avec moi, et j'aimerais que tout reste IM-PEC-CA-BLE, c'est compris ?

– Pas de problème, Soph ! dit une brune à lunettes. Maude me rappelle qu'elle se nomme Véronique.

– Bon, très bien, répond notre monitrice, je vais vous expliquer certains règlements, et ensuite nous irons manger, d'accord ?

– Bien sûr ! Je meurs de faim ! dis-je en regardant Maude qui hoche rapidement la tête.

Elle nous explique tous les règlements, que nous savons toutes par cœur, et nous fait visiter un peu les lieux. Après notre petite promenade, Sophie s'écrie :

– En route vers la cafétéria !

La cafétéria est située dans la salle communautaire. Tout le monde y est. C'est grand, c'est propre et les tables sont vertes comme nos chandails !

Ça rigole, ça grignote...

– Ça grouille de monde ! s'écrie Maude, pour couvrir toutes les voix.

Sophie s'éloigne et nous allons retrouver Martin et Jérémie qui nous ont gardé des places à une table. Nous attaquons notre repas.

– Bzzonzwour ! dit Martin avec un accent à la Donald Duck.

Je réponds en riant :

– Bonjour. Eh ! vous avez vu Katia ? Elle est toujours aussi snob ! En plus, elle partage notre cabane.

– Ne la laissez pas gâcher vos vacances, les filles. Où est-elle, au juste ?

Nous regardons un peu partout, mais pas de traces de Katia.

– Bof ! c'est sans importance, le pain du camp m'a tellement manqué ! dit Maude en engouffrant un petit pain.

Nous parlons de tout et de rien pendant un instant, et le directeur nous interrompt pour entamer la chanson du camp. Encore une fois, nous chantons de tout notre cœur et le plus fort possible.

Certains campeurs montent sur les bancs et les moniteurs se regardent, pas trop sûrs d'eux-mêmes. Lorsque la chanson est terminée, le directeur nous souhaite la bienvenue encore une fois avant de nous lancer un « bon appétit ! » enthousiaste.

– J'espère que votre séjour sera des plus agréables, dit-il en s'éloignant.

– Quelqu'un devrait lui dire que les pantalons à carreaux bruns et rouges ne sont plus à la mode avec le T-shirt du camp ! dit Maude.

Nous pouffons de rire.

– Que voulez-vous faire cet après-midi puisque c'est la journée « activités libres », demandé-je.

– Peut-être que j'irai jouer au basket-ball, propose Maude.

– Bon ! Moi j'ai terminé mon repas, dit Martin. Je retourne à la cabane pour défaire mes bagages. Ensuite, j'aimerais bien aller plonger au quai. Tu viens, Jérémie ?

– Oui ! On se retrouve au quai plus tard, les filles ?

– À plus tard !

En route vers la cabane, nous rencontrons la brune à lunettes qui partage notre cabane.

– Salut, Véronique ! dit Maude.

Elle semble nous avoir entendues, mais elle ne se retourne pas...

– Tiens, tiens, c'est étrange ! dis-je, d'habitude Véronique est toujours très amicale !

Nous entrons dans la cabane et commençons à défaire nos bagages.

Je m'assois sur le lit qui m'a été assigné, et j'attrape mon sac. Mon coton ouaté est posé dessus. Je ne me souviens pas de l'avoir sorti de mon sac, mais bon... Je m'apprête à le lancer plus loin quand :

– AAAAAHHHHH ! ! !MAUDE ! MAUDE ! UN OISEAAUUU ! ! ! UN OISEAU MORRRT ! ! !

Maude sursaute. Je me lève du lit et commence à me secouer.

– Quoi ? Que se passe-t-il ? crie Maude.

– Il y a un oiseau sur mon sac, dis-je en quatrième vitesse. Un vrai ! Pas tout à fait vivant, je crois, mais il est bel et bien là ! Parole de Zoé !

Maude prend l'oiseau et le jette dehors.

– Mais qui a bien pu faire une chose pareille ? dit-elle, tout le monde sait que tu as peur des oiseaux !

– Ouais, dis-je en m'approchant de mon sac, toute tremblante. Eh ! Maude ! Qu'est-ce que c'est, ça ?

Je viens de trouver une feuille de papier pliée en quatre.

– Une feuille de papier ? Une liste de choses à faire, je ne sais pas ?

– Mais non, impossible, mes papiers sont tous dans mon sac !

– Lis ce qui est écrit, je suis curieuse en sainte pinotte, moi !

Le message est écrit en lettres moulées, à l'encre verte :

« *Zoé,*
Prends garde à toi,
ton séjour sera pénible.
Sois prudente, sinon...

Anonyme »

– C'est une lettre de menace ! s'exclame Maude.

– Mais qui voudrait m'envoyer une lettre de menace ? dis-je, encore un peu secouée.

– Ça vaut la peine de chercher des indices, dit Maude ; on pourrait mener une enquête !

– Bonne idée ! C'est bon pour notre carrière de détectives !

Maude réfléchit.

– Oh ! Zoé, tu te souviens, juste avant d'entrer dans la cabane, Véronique ne nous a pas répondu quand on l'a saluée ?

– Oui, elle avait l'air bizarre !

– C'est peut-être elle ? propose mon amie en haussant les épaules.

– Peut-être. Je demeure perplexe. Mais quel intérêt aurait-elle à m'écrire un tel message ?

– On ne sait jamais ! Une bonne détective ne laisse rien au hasard !

Pendant que l'on défait le reste de nos bagages, Sophie entre dans la cabane. Elle a l'air surprise :

– Oh ! Salut les filles ! Je pensais que vous étiez au quai. Il y a un garçon — Martin, je crois — qui va bientôt faire un plongeon !

– Vraiment ? demande Maude.

– Allons-y !

Nous courons jusqu'au quai. Martin nous fait signe. Presque tous les campeurs sont là.

Martin se concentre, s'élance et fait le plongeon parfait. Tout le monde applaudit.

– Super ! s'exclame Maude.

Martin sort de l'eau et tout le monde le félicite. Il nous aperçoit et nous interroge du regard.

– Martin, viens ici ! appelle Maude.

– Qu'est-ce qui se passe ? demande-t-il, en s'essuyant avec une serviette de plage.

– J'ai reçu une lettre de menace et il y avait un oiseau mort sur mon sac !

– Wow ! Une lettre de menace ? Allez, explique !

Je lui donne tous les détails et Maude lui remet la lettre, qu'il examine attentivement.

– Hum ! Hum ! dit-il en se grattant le menton, je me demande si...

– Eh, Martin ! Super beau plongeon ! dit un grand garçon derrière nous.

– Merci, Cédric. Les filles, je vous présente mon moniteur, Cédric. Céd, voici mes deux meilleures amies, Maude et Zoé.

– Salut ! lance Maude.

– Eh, qu'est-ce que c'est que ça ? dit Cédric en regardant la lettre.

– Oh ! Euh, c'est ma mère qui m'a écrit une liste de recommandations; tu sais, les mères ! dit Martin avant que nous ayons le temps de placer un mot. Cédric le fixe un instant, puis s'éloigne.

– Pourquoi ne pas lui dire à propos de la lettre ? demandai-je.

– Ouais, Martin, il aurait peut-être pu nous aider ! ajoute Maude.

– Ce serait peut-être mieux de ne pas trop en parler. Cela pourrait semer la panique parmi les moniteurs. Qu'en pensez-vous ?

– C'est logique et ce n'est pas une mauvaise idée, Martin. Ainsi ce sera à nous de trouver la ou le coupable. Parole de Zoé !

Chapitre quatre

Des suspects et des secrets

AVANT le souper, nous allons faire quelques activités de plein-air comme de l'escalade et du kayak. Maude s'amuse à compter les moustiques.

– Sainte pinotte, Zoé ! Je crois que je vais faire circuler une pétition contre ces insectes ! Aïe ! dit-elle en se frappant le bras.

Nous nous rendons à la cafétéria pour le souper.

– Ça m'intrigue vraiment, cette lettre ! dis-je à mes amis en mangeant mon spaghetti.

– Ouais ! répond Martin, profitons-en pour observer les campeurs, mine de rien. J'en ai parlé à Jérémie et il veut nous aider à trouver des indices.

– Bon. Encore inséparables, vous trois ?

Sans même me retourner, je sais que c'est Katia. Elle rit derrière moi. Maude hausse les épaules. Katia nous fait une grimace et s'éloigne. Jérémie vient nous rejoindre avec son assiette.

– Alors, tu as des nouvelles pour la lettre et l'oiseau ? lui demande Martin.

Il secoue la tête, un peu confus.

– Euh, non, je n'ai... euh, pas de nouvelles ! il regarde un peu partout.

– Sainte pinotte ! dit Maude, un peu déçue.

Nous terminons notre repas. Maude et Martin échangent un regard au moment où Jérémie quitte la table.

– Maude, tu ne trouves pas qu'il avait l'air bizarre ? demande Martin.

– Il était peut-être pressé ? suggère-t-elle.

– C'est quelque chose à découvrir ! répond Martin avec son célèbre accent à la Sherlock Holmes.

– Bon. Alors, on se retrouve ce soir autour du feu ? dis-je.

– Ouais ! répond Martin.

En entrant dans notre cabane, Maude me dit qu'elle aimerait écouter de la musique.

– Je vais chercher mon baladeur ! dit-elle.

– Voyons, sainte pinotte !

– Que se passe-t-il, Maude ?

– Zoé, je ne trouve plus mon baladeur ! Je crois que quelqu'un me l'a volé !

– Quoi ! C'est impossible ! Ne t'en fais pas, je vais t'aider à le retrouver. Il me semble que tu l'avais laissé sur ton lit.

– Il n'y est plus ! dit-elle.

– Ça alors ! Tu dois sûrement l'avoir rangé ailleurs ! Laisse-moi vérifier.

Maude est inquiète. Je regarde un peu partout dans la chambre pour trouver son baladeur. C'est impossible qu'elle se soit fait voler, nous sommes dans un camp de vacances ! Elle l'a sûrement mal rangé.

Je regarde sous mon lit : pas de traces du baladeur de Maude. Je cherche bien par terre entre nos deux lits. J'ouvre grand les yeux.

– C'est pas vrai ! Maude ! Regarde ! C'est le même papier que celui de la lettre de menace !

Maude s'approche.

– Mais *c'est* une lettre de menace ! Regarde, Zoé !

– Une autre ?

Maude prend la lettre dans ses mains et me la lit à voix haute :

« *Zoé,*

Je t'ai à l'œil !

Tu ferais bien de te protéger,

au cas où...

Anonyme »

– Mais qui t'en voudrait assez pour t'envoyer un tel message ? De qui ça peut bien venir ?

– Maude, tu te souviens, dans l'autobus : Katia semblait bien menaçante...

– Tu as bien raison, Zoé.

– Hou, ça commence à devenir excitant être détective, n'est-ce pas ?

– En sainte pinotte ! me répond Maude.

Elle ajoute :

– Moi je pense que nous devrions aller au feu, en parler à Martin.

Il commence à faire noir lorsque nous arrivons. Tout le monde est autour du feu, chantant et mangeant des guimauves. Martin est assis par terre avec Jérémie. Ce dernier semble mal à l'aise.

– Salut les gars ! s'écrie Maude en s'assoyant près d'eux. Je me joins à elle.

– Bonsoir, dit Martin; alors, des nouvelles pour la lettre de menace ?

– J'en ai reçu une deuxième, dis-je. En plus, Maude ne retrouve plus son baladeur. Quelqu'un l'a peut-être volé.

– Vraiment ? dit Jérémie.

– Ouais ! Regarde !

Je lui tends la feuille. Il la lit avec un air mi-curieux, mi-amusé. Martin se penche pour pouvoir lire lui aussi. Il prend la parole.

– J'ai réalisé quelque chose...

– Ah oui ? Quoi ? demandons-nous en chœur.

– Vous vous rappelez, au dîner : nous avons cherché Katia.

– Oui !

– Et dans l'autobus elle n'a pas été très gentille avec nous. Peut-être qu'elle aurait quelque chose à voir là-dedans.

– C'est exactement ce que nous pensions ! Bravo, Sherlock Holmes ! dit Maude. La prochaine chose à faire, c'est d'aller lui demander de s'expliquer et de tout régler.

– D'accord avec toi, Maude ! dis-je.

– Alors, qu'est-ce que vous pensez faire ? demande Jérémie, jusqu'ici silencieux. Katia est méchante et va toujours l'être, tout le monde sait ça !

– Ouais... c'est vrai ! dis-je, un peu tourmentée.

Maude semble avoir une idée, car elle ne tient plus en place.

– J'ai entendu dire que Katia jouait au basket-ball l'année dernière ! Peut-être que je pourrais lui montrer mes talents de grande sportive ? dit-elle, souriante.

– Mais oui, pourquoi pas ? dis-je.

Maude hoche lentement la tête en mangeant une guimauve brûlée.

– Bon. Alors, demain je vais lui parler; d'accord ?

– Parler à qui, encore ?

Tout le monde retient son souffle. C'est Katia qui se tient devant nous, les mains sur les hanches et son fameux sourcil levé. Martin me lance un regard affolé.

– Hum... parler à Cédric au sujet de, euh... la nourriture de la cafétéria ! dit-il.

Nous le regardons, tous confus.

Katia ne semble pas s'en rendre compte :

– La nourriture de la cafétéria ? Hmpf ! Tu parles d'une idée stupide ! réplique-t-elle.

– Martin a raison ! dis-je, impatiente devant Katia.

– Fiche-moi la paix, Zoé ! et elle s'éloigne.

J'en suis bouche bée.

– Elle va voir ce qu'elle va voir !

Chapitre cinq

Jamais deux sans trois

NOUS discutons encore un moment et c'est bientôt l'heure d'aller dormir. Je suis étendue dans mon lit, un peu soucieuse. Je n'arrive pas à dormir. J'écoute Sophie et Katia qui ronflent, quand je vois une lumière par la fenêtre. Elle s'allume, elle s'éteint. Trois fois.

– Martin ? dis-je à voix haute.

Voyez-vous, les trois coups de lampe de poche, ça fait partie de notre code. Trois coups secs signifient : « Es-tu là ? »

Martin a peut-être quelque chose d'important à nous dire. J'attrape ma lampe de poche. Je lui envoie un long coup qui veut dire « oui ».

Martin m'épelle les lettres de son message, une par une, toujours en code :

« M-A-U-D-E »

Je lui réponds :

« Z-O-E »

Martin forme un long message.

« C-A-F-E-T-E-R-I-A D-E-M-A-I-N 7 H-E-U-R-E-S »

Je lui envoie un long coup et je l'entends s'éloigner. Maude gémit dans son lit. Je sais pourquoi Martin veut que je me rende à la cafétéria, demain. À chaque année, nous aimons bien nous retrouver tôt le matin pour déjeuner ensemble et profiter du silence du matin. Martin voulait continuer la tradition. Je m'endors. Le lendemain, mon réveille-matin sonne à 6 h 30 pile. Je réveille Maude.

– Arg... Je déteste me lever de bonne heure en vacances, sainte pinotte !

– Mais voyons, Maude, c'est pour aller déjeuner ! dis-je à voix basse.

– D'accord, je serai prête dans trois minutes !

Sacrée Maude, elle ne changera jamais ! Toujours son grand appétit ! Je ris en m'habillant et nous pouvons aller rejoindre Martin à la cafétéria. En passant par le centre du camp, Maude échappe sa montre et se penche pour la reprendre. En se relevant, elle voit un papier chiffonné sous un banc près du feu. Elle le regarde un instant.

– Allez, Maude, nous allons être en retard ! dis-je.

– Zoé ! Je crois que ce papier est le brouillon de la deuxième lettre. Regarde !

C'est écrit à l'encre verte, comme les deux autres, et il est un peu effacé. Elle me tend la lettre et je la lis :

« *Zoé,*
Je t'ai à l'œil ! Tu ferais... »

– Alors ça veut dire que la personne qui écrit ces lettres est passée par ici !

– Allons montrer ça à Martin, dis-je, il pourra sûrement nous aider...

En arrivant à la cafétéria, Martin mange tranquillement une crêpe en buvant son jus d'orange. Il sourit en nous voyant.

– Alors, les filles, ça va ?

– Super ! Je vais aller chercher les déjeuners, Zoé, d'accord ? me dit Maude.

– Ouais !

Maude revient quelques minutes plus tard avec nos repas et nous parlons du camp pendant un certain temps. Nous tentons de résoudre le mystère des lettres de menace et du baladeur disparu de Maude.

Soudain, les portes de la cafétéria s'ouvrent et les campeurs se ruent aux tables.

– Je suis heureuse que nous soyons arrivés plus tôt ! dis-je en essayant de couvrir toutes les voix.

Maude crie en riant :

– Sortons d'ici !

Nous décidons d'aller à notre cabane pour chercher le calepin de Maude.

Comme nous entrons dans la cabane, Katia en sort et s'éloigne rapidement.

– Elle a sûrement fait quelque chose ! dit Maude.

Nous entrons et Martin attend dehors. Maude fouille dans son tiroir. Je m'étends sur mon lit. J'appuie ma tête sur mon sac, que je range toujours sous ma couverture à côté de mon oreiller. L'inconvénient, c'est que mon sac n'est plus là...

– Maude ! Mon sac a disparu ! dis-je en me redressant.

– Quoi ! Incroyable !

Nous cherchons un peu partout et Maude se frotte la tête.

– Hé, mais j'y pense, ajoute-t-elle, à chaque fois que l'on vient dans la cabane ou presque, il y a toujours une lettre. Peut-être qu'il y en a une troisième ?

– Tu as raison, Maude, jamais deux sans trois !

Maude cherche sur son lit et je cherche autour du mien.

Je soulève les couvertures et mes yeux s'illuminent.

– La voilà !

– Vite ! Allons la montrer à Martin !

Nous courons retrouver Martin, qui est occupé à creuser un trou pour les fourmis.

– Martin ! Martin ! Zoé a reçu une troisième lettre. En plus, son sac de voyage a disparu.

Elle tend la lettre à Martin qui nous la lit :

« *Tu ferais mieux de prendre garde,*
Zoé St-Hébert.
Ce petit jeu peut devenir
plus dangereux que tu ne le crois...

Anonyme »

Chapitre six

L'épreuve du basket

— Ça alors ! s'écrie Martin, c'est une très mauvaise blague !

Il se gratte le menton, et réfléchit, comme d'habitude.

– Un oiseau mort, trois lettres de menace, un baladeur et un sac disparu... Les filles, je crois que Katia nous déteste vraiment.

– Ouais ! Elle veut vraiment se venger, n'est-ce pas ?

– Le pire, ajoute Maude, c'est que nous lui avons donné toutes les occasions de se manifester : lors du premier dîner, au souper d'hier et maintenant, au déjeuner de ce matin !

– Elle semblait bien mystérieuse autour du feu, hier soir ! dit Martin, l'air perplexe.

J'examine la lettre. Maude demande:

– Savez-vous où elle est présentement ?

– Aucune idée ! Je me souviens seulement de l'avoir aperçue sortant de la cabane, tout à l'heure.

– Je vais la chercher ! Je vais lui dire que je vais l'affronter seule à seule sur le terrain de basket-ball. Un point c'est tout !

– Bonne idée, Maude ! On t'accompagne ? demande Martin.

– Non... En fait, je préfère y aller seule. Je vais pouvoir arranger ça avec elle.

– D'accord, on se retrouve au terrain de basket !

Elle me fait signe que oui. Nous nous mettons en route. Je me demande si Katia va accepter. Elle n'est pas du genre à prendre le risque de se faire abaisser. Mais Maude a un talent pour convaincre les gens. Je me croise les doigts. Nous arrivons au terrain de basket-ball. Il est vide.

Environ dix minutes plus tard, Maude arrive, vêtue de son T-shirt chanceux, suivie de... Katia. Maude affiche son plus beau sourire tandis que Katia fulmine avec le ballon de basket-ball dans les mains. Cela veut dire qu'elle a accepté d'affronter Maude.

Martin lui tend la main et Maude la frappe amicalement.

– Alors, Katia, dit Martin, ça t'amuse d'envoyer des lettres à Zoé ?

– Hmpf ! Si tu penses que tu me fais peur, Martin Tremblay ! répond-elle, un peu trop sûre d'elle.

– Pourquoi as-tu fait ça ? lui demandé-je.

– Parce que ! Je ne vous ai jamais aimés tous les trois et j'avais dit que je me vengerais !

– Alors, tu crois que tu t'es assez vengée, à présent ? Je veux en finir avec cette partie, moi ! lance Maude.

– D'accord, dit Katia en commençant à dribbler, on joue une partie de 3 points. Si tu gagnes, je vous laisse tranquilles. Mais si JE gagne, vous nettoyez mes effets durant le reste du camp.

J'en reste bouche bée. Maude tend la main en souriant et dit :

– Marché conclu !

– Maude !

– Zoé, me dit-elle à voix basse pour ne pas que Katia l'entende, je suis confiante. Katia a besoin d'une bonne leçon !

– Alors bonne chance ! dit Martin.

– Mais... !

Je n'ai pas le temps de finir ma phrase.

Maude sourit et va se placer en face de Katia sur le terrain. Elles tirent à pile ou face pour savoir qui va commencer. Katia gagne. Maude étend ses bras de chaque côté d'elle pour pouvoir attraper le ballon. Le vent souffle un peu et j'en suis ravie car il fait très chaud, tout à coup...

Katia dribble et commence à avancer avec le ballon. Elle tourne en rond, pousse Maude et fait un panier.

– Bien joué, Katia ! crie une voix.

– Véronique ? dis-je.

– Eh ! C'est pas juste ! Tu n'as pas le droit de pousser, sinon j'arrête tout ! dit Maude, un peu fâchée.

Elle s'empare du ballon et essaie de déjouer Katia. Mais cette dernière est tellement fière d'avoir marqué le premier point qu'elle ne voit pas Maude passer derrière elle et faire un panier à son tour.

– BRAVOOO ! ! ! crions-nous, Martin et moi.

Katia est super-étonnée. Maude nous sourit et lance :

– Alors, on joue les sportives ? Il faut quand même que j'aie un défi, Katia ! Bouge un peu !

Martin et moi rions. Katia n'aime pas qu'on se moque d'elle. Maude se place devant elle, comme d'habitude. Katia fait passer le ballon entre ses jambes et Maude le rattrape. Elle s'apprête à lancer, et réussit son deuxième panier.

– Panier numéro deux compté par Maude Thibodeau, mesdames et messieurs ! dit Martin de sa voix de commentateur sportif.

– C'est 2-1 pour moi, Katia ! dit Maude, fière d'elle.

– La partie n'est pas terminée, tu sauras ! réplique sèchement Katia.

– Ouais, c'est ça, dit Maude. Elle lance le ballon à Katia. Cette dernière soupire. Elle prend le ballon. Dribble jusqu'au panier. Maude le lui enlève. Les revirements se succèdent pendant un moment. Soudain, Katia se tient près du panier de Maude, s'élance, et compte un point.

– OOOOh ! ! Un autre point ! dit-elle. Ouais ! Ouais ! Ouais ! 2-2, Maude !

– Je sais compter, Katia ! dit Maude pas insultée pour deux sous.

Elle prend le ballon. Dribble. Elle se tient exactement sur la ligne des trois points. Elle prend une grande respiration et dit :

– Katia, j'ai une proposition à te faire. Nous allons faire un autre petit pari. Si je réussis ce panier, je gagne. Sinon, je perds le pari, d'accord ?

Katia regarde Véronique qui lui fait signe que Maude ne gagnera jamais.

– Mouais, si tu y tiens, répond Katia.

Maude lance le ballon. Il fait le tour de l'anneau, une, deux, trois fois, comme dans les films. Tout le monde retient son souffle. Katia regarde Véronique avec un sourire méchant et Maude commence à crier de joie. Elle a réussi !

– WOOOUUUUUHH ! ! ! Je l'ai eu ! Je l'ai eu ! J'ai gagné, Zoé, j'ai gagné ! YOUPIIII ! ! !

Je cours la féliciter, Martin sur mes talons. Katia a la bouche tellement grande ouverte que je pourrais lui faire manger trois repas du jour de la cafétéria. Elle secoue la tête, sous le choc. Maude se retourne, lui sourit et lui tend la main.

– Si tu crois que je vais te serrer la main !

Elle hausse son sourcil. Maude retire sa main. Je demande :

– Au juste, Katia, où as-tu mis mon sac et le baladeur de Maude après les avoir volés ?

Katia a un air surpris.

– Ton sac ? Quel sac ? Je n'ai jamais volé de sac ! Et toi, Maude, que veux-tu que je fasse de ton vieux baladeur ! Moi, j'ai envoyé les lettres, un point c'est tout !

– Quoi ? Ce n'est pas toi ! dis-je, étonnée.

– Je n'ai touché à aucun sac ! crie-t-elle en s'éloignant.

– Elle a vraiment l'air sincère. Mais alors, si ce n'est pas elle, qui pourrait avoir volé mon sac ? demandé-je à ma meilleure amie.

– Je pense qu'il est temps de commencer à enquêter sérieusement...

Chapitre sept

Sur la Piste des Écureuils

APRÈS le dîner, Maude va prendre une douche, car elle a eu très chaud. Ensuite nous nous rassemblons pour la randonnée pédestre. Nous suivons la piste des Écureuils, qui se trouve derrière la section des garçons.

– Zoé, qui crois-tu a volé les sacs ? demande Jérémie, qui nous accompagne.

– Je ne sais pas, dis-je.

– Hé ! Vous vous souvenez, s'écrie tout à coup Maude, lors de notre arrivée M. Grosbois nous a annoncé qu'il y avait eu des vols la semaine dernière et que...

– Mais oui ! interrompt Martin. Nous devons absolument enquêter sur ce qui s'est passé ici la semaine dernière.

– Nous devons donc interroger tout le monde, dis-je en retirant un caillou de ma chaussure : poser des questions et faire des recherches. Nous allons travailler, parole de Zoé !

–Super ! s'écrie Maude. Jérémie, tu vas te joindre à nous; ouvre les yeux et les oreilles !

– D'accord... dit-il, hésitant.

Nous convenons d'aller parler aux campeurs, aux moniteurs et au directeur.

Le groupe s'arrête pour faire une pause à des tables de pique-nique. Maude aperçoit Katia et rigole en nous disant que celle-ci lui fait la moue depuis sa défaite de ce matin.

– Tant pis pour elle ! dis-je. Elle n'avait aucune raison de s'en prendre aux superdétectives, n'est-ce pas ?

– Exactement !

Jérémie me sourit. Il dit :

– Zoé, tu voulais interroger d'autres campeurs sur les vols de la semaine dernière, n'est-ce pas ?

– Oui, c'est bien ça ! Pourquoi ?

– Je crois que je peux te trouver de l'information...

Il se lève d'un bond et commence à discuter avec un garçon de petite taille. Le garçon hoche la tête et commence à parler très vite. Après quelques minutes, nous reprenons notre marche et Jérémie se joint à nous, le sourire aux lèvres.

– C'était mon copain Charles. Il a entendu plein de rumeurs à propos des vols de la semaine dernière.

– Ah oui ? Raconte ! dis-je, impressionnée.

– Un de ses copains était ici la semaine

dernière. Il paraît que lui aussi s'est fait volé son sac. C'était le même scénario que toi, Zoé. Il est rentré dans sa cabane et son sac n'était plus là.

– Donc, ça pourrait être le même voleur ? demande Martin.

– C'est bien ce que je crois, poursuit Jérémie. En plus, il y a eu plusieurs vols d'argent. C'est tout ce qu'il m'a dit...

– Bien joué, Jérémie ! dit Maude. Nous allons tenter de retrouver le voleur. Mais, dis-moi, est-ce que le copain de Charles a retrouvé son sac depuis ?

– Oh ! J'allais oublier ! Oui, il l'a retrouvé... vide... au centre du camp, la dernière journée de la semaine...

– C'est pas vrai ! dis-je, découragée. Moi j'ai écrit toute l'histoire des lettres de menace dans mon cahier, qui se trouve dans mon sac !

– Sainte pinotte ! répond Maude. Cela veut dire que le voleur va avoir encore plus de plaisir à nous faire peur : il va lire toutes les informations !

Cédric vient nous rejoindre et nous demande ce qui se passe.

– Nous enquêtons, lui répond fièrement Martin.

– Ah oui ? dit Cédric. Sur quoi ?

– Sur les vols de la semaine dernière ! réponds-je.

– Il paraît que des campeurs se sont fait voler leurs sacs et de l'argent, continue Maude.

Cédric nous prévient que c'est dangereux d'enquêter et que nous devons être prudents. Je lui réponds que ce n'est pas notre première enquête. Jérémie est très silencieux tout à coup... Pourtant, c'est lui qui a interrogé Charles !

Martin pose quelques questions à Cédric. Celui-ci nous répond très vaguement. Que se passe-t-il au Camp 2 Montagnes ?

– Espérons que nous résoudrons cette affaire avant la dernière journée ! dis-je, lorsque Cédric s'éloigne.

Chapitre huit

Une visite chez M. Grosbois

Ce soir-là, autour du feu, nous récapitulons les derniers événements.

Jérémie est de plus en plus silencieux.

– Nous devrions peut-être l'ajouter à notre liste de suspects ? me chuchote Martin.

– Ne prenons pas de chances ! dis-je.

Maude fait oui de la tête. Elle dit :

– Oui, et nous devrions aller parler à M. Grosbois. Nous avons besoin de plus de détails sur ces vols.

– Parfait ! dit Martin. Zoé et moi allons nous en occuper dès demain. Maude, surveille Jérémie de près. Il est peut-être dans le clan de Katia... même si elle prétend avoir seulement écrit les lettres.

– 10-4, mon colonel !

Nous éclatons de rire en regardant le feu.

Le lendemain matin, nous nous retrouvons devant la salle communautaire. Le bureau de M. Grosbois est au deuxième étage.

La pièce est décorée de photos de campeurs et de panaches d'orignaux. Sur son pupitre, il y a un gros téléphone noir à cadran. Justement, il parle au téléphone lorsque nous entrons.

– Martin ! Zoé ! Entrez ! J'en ai pour une minute ! dit-il en nous désignant de vieilles chaises brunes. Nous attendons pendant qu'il parle à son interlocuteur.

– Oui, bien sûr, je comprends... Oui... D'accord... À plus tard...

Il raccroche.

– Bon ! Qu'est-ce que je peux faire pour vous, les enfants ? demande-t-il par-dessus ses lunettes.

– Eh bien, M. Grosbois, dit Martin, nous sommes venus vous parler des vols de la semaine dernière.

– Les vols ? Mais pourquoi ?

– Mon sac a...

– Nous faisons des recherches sur les mystères ! m'interrompt Martin avant que je n'aie le temps d'expliquer la situation. Il me fait un clin d'œil discret.

– Parfait ! répond le directeur du camp. J'adore les mystères ! Que voulez-vous savoir au juste ?

Martin sourit.

– Tout !

– Eh bien, commence M. Grosbois, certains de nos campeurs sont venus rapporter des vols de sacs, des comportements étranges et des bruits mystérieux. Donc, il a fallu faire des « inspections-surprises » : fouiller toutes les cabanes, tous les recoins. Les moniteurs ont eu beaucoup de travail.

Je continue de consigner tous les détails dans le calepin que Martin m'a prêté, et je demande :

– Savez-vous si des suspects ont été identifiés ?

M. Grosbois se frotte le crâne. On dirait qu'il hésite à répondre.

– Il y avait ce campeur nommé Kevin, mais il est parti avant que nous ayons retrouvé les sacs.

– Est-ce que vous avez au moins retrouvé le coupable ? lui demandé-je.

– Non. Les policiers n'ont pas trouvé d'indices. Les sacs ont été retrouvés, vidés de leurs contenus au...

– MONSIEUR GROSBOIS ! MONSIEUR GROSBOIS ! SÉBASTIEN S'EST FAIT VOLER ! crie un garçon qui entre en courant dans le bureau.

– QUOI ? Ça ne va pas recommencer !

– Vite ! Venez ! crie le garçon.

M. Grosbois se lève, secoue son pantalon en vitesse et nous prie de l'excuser et de revenir le voir plus tard. Martin me fait signe de me taire et nous suivons notre directeur. Le garçon et lui se rendent à la cabane voisine de Martin. Cédric est assis sur les marches de la cabane . M. Grosbois semble l'interroger sur le nouveau vol. Cédric gesticule et semble nerveux.

– Tout ça est bien étrange... murmure Martin.

Chapitre neuf

Le monstre du lac

— SALUT vous deux, dit une voix.
– Maude !

– J'ai suivi Jérémie, comme convenu. Il est ennuyant en sainte pinotte ! Jusqu'à maintenant, rien de suspect ! Quoi de neuf de votre côté ?

– Il y a eu un nouveau vol, dis-je.

– Ah oui ? Fantastique ! Je commence à m'amuser ! s'écrie Maude. Et, en plus...

– En plus quoi ? interroge Martin.

– Regardez ! J'ai trouvé un plan du camp ! dit-elle, très excitée.

– Il n'y a rien d'extraordinaire à trouver un plan du camp, Maude ! dit Martin, déçu.

Maude nous donne le plan et je l'observe attentivement. Elle poursuit :

– Ouvrez les yeux ! Il y a un gros « X » rouge sur le lac. Exactement à l'endroit le plus profond, près du quai. C'est une piste. Je dirais même plus : une piste intéressante.

– Maude ! s'écrie Martin.

Maude cesse de gesticuler et nous regarde, curieuse.

– Quoi ?

– Où as-tu trouvé ce plan ? demande Martin.

– Près des poubelles de la cafétéria. Pourquoi ?

Martin hoche lentement la tête. Je vois qu'il réfléchit.

– Donc, ça pourrait être n'importe qui.

– Mais si c'était une fausse piste ? dis-je, inquiète.

– Peut-être, mais puisque le lac est indiqué, nous allons la considérer comme une vraie piste.

Maude se penche par-dessus mon épaule et regarde le plan une deuxième fois. Soudain, elle éclate de rire.

– Je l'ai ! lance-t-elle. C'est le monstre du lac 2 Montagnes qui se cache là !

Nous éclatons de rire à notre tour.

– C'est une possibilité, dit Maude.

Mais je me demande si nous allons finalement trouver les réponses à nos questions. Nous décidons de réfléchir à tout ça.

Chapitre dix

Un petit tour à l'eau

CE soir-là, autour du feu, une fille chante et un moniteur joue de la guitare. L'ambiance est à la fête. Maude, emmitouflée dans une couverture verte, rit des blagues de Sophie. Je vois par contre qu'elle jette souvent un coup d'œil rapide à Katia. Martin aussi écoute Sophie, et moi, assise sur une bûche, je note les événements des derniers jours dans le calepin rouge de Martin. Je récapitule et j'essaye de penser. Je mordille ma plume en pensant au lac. Le beau lac, calme et paisible...

– J'aimerais bien aller écrire au lac, dis-je rêveuse.

– Mais vas-y, dit Maude, entre deux fous rires.

– Ouais... Pourquoi pas ? J'y vais.

Martin me prête sa lampe de poche et je commence à marcher. En passant près des cabanes pour me rendre au quai, j'aperçois qu'il y a une lumière allumée dans un des logements. C'est bizarre : à cette heure-ci, tout le monde est au feu. Eh bien... Je continue ma marche. En arrivant, je m'assois sur le quai, les pieds pendant près de l'eau. Le ciel est étoilé et la lune éclaire les arbres juste à côté. C'est magnifique. J'attrape mon calepin et je ferme les yeux pendant quelques secondes, quand je sens une main me pousser brusquement dans l'eau. J'ai à peine le temps de crier que je me retrouve déjà au plus profond du lac. Je me débats, essayant de remonter à la surface.

De l'air. Besoin d'air. Je suis affolée. Je tente de remonter à la surface. Je me sens toute molle... Soudain, je sens une forme humaine près de moi. J'essaie de nager mais la peur m'en empêche. Je suis rapidement remontée à la surface de l'eau. Je me laisse entraîner, ne voulant rien de plus qu'un peu d'oxygène. Je vois enfin le ciel étoilé de la nuit. La personne m'étend sur le côté. Je tousse et tousse, et parviens à respirer un peu mieux. Je vois son visage près du mien. C'est mon ami.

– Martin !

– Zoé, Zoé ! Mais, qu'est-ce qui t'est arrivé ? Ça va ?

Je suis encore sous le choc.

– Oui... oui... enfin, je crois. J'admirais le paysage quand j'ai senti une main me pousser à l'eau. J'étais tellement surprise que je ne pouvais plus respirer, ça s'est passé tellement vite ! Je ne pouvais plus penser ! C'était horrible ! dis-je en toussant.

– Tu avais oublié ton stylo au feu, je venais te le porter. Je t'ai entendue crier et j'ai sauté dans le lac !

– Zoé ! Sainte pinotte, qu'est-ce qui est arrivé ? m'interroge Maude en accourant. Martin tardait à revenir, donc je suis venue voir ce qui se passait.

– On m'a poussée dans le lac ! dis-je essoufflée.

– On t'a quoi ? demande-t-elle.

– As-tu vu quelqu'un qui te suivait ? demande Martin en tordant ses vêtements.

– Euh... non, pas vraiment... Par contre, la main qui m'a poussée n'était pas celle d'une fille, parole de Zoé !

– Alors, si ce n'est pas Katia, qui est-ce ? demande Maude.

– Eh ! Mais c'est sûrement la personne qui a dessiné le plan ! m'écrié-je.

– Le plan ? demande Maude, le plan du camp ?

– Mais oui, le plan ! s'exclame Martin : il y avait un gros « X » rouge à l'endroit exact où tu es tombée à l'eau, Zoé !

– Ça alors ! Cela voudrait dire que cette personne avait prévu me jeter dans le lac ! dis-je, secouée.

– Mais qui ferait une chose pareille ? demande Maude.

Nous restons silencieux pendant un instant.

– En tout cas, merci énormément, Martin, de m'avoir sauvé la vie. Sans toi, je serais noyée à l'heure qu'il est ! dis-je en grelottant.

– Ce n'est rien, Zoé. Je suis content que mes cours de natation aient finalement servi ! dit mon ami en souriant.

– J'ai eu une de ces peurs ! dis-je.

Nous nous apprêtons à partir, bras dessus, bras dessous. Martin reprend la lampe de poche pour nous guider mais il s'arrête.

– Qu'est-ce qu'il y a ? demandons-nous, Maude et moi.

– Un bout de tissu est accroché à cette branche. Ça ressemble étrangement au chandail du camp... Qu'est-ce que ça fait ici ?

– Aurais-tu remarqué quelqu'un autour du feu qui portait encore le T-shirt ? demande Maude.

– Non... pas vraiment... il me semble qu'ils portaient tous des cotons ouatés.

– Nous devons faire notre petite enquête là-dessus aussi, dit Maude.

– Euh, les amis, je ne suis pas très rassurée, j'ai eu la frousse de ma vie dans le lac.

Je ne suis pas certaine de vouloir continuer. Qui sait ce que fera mon agresseur la prochaine fois ?

– Mais voyons, Zoé, s'écrie Martin. D'habitude, c'est toujours toi qui dis que c'est bon pour la future carrière !

– Ouais... je sais, mais...

– Retournons au feu, propose Maude. Il faut vous sécher, tous les deux.

Chapitre onze

En plein dans le mille !

LE lendemain matin, je suis réveillée par Maude qui tape sur mon épaule.

– Lève-toi, Zoé ! crie-t-elle. Aujourd'hui c'est le tir à l'arc ! J'ai tellement hâte !

– Oui, Maude, mais arrête de crier, je suis à peine réveillée et ma mésaventure d'hier ma brassé le cerveau !

Il fait un soleil radieux. Je me sens endormie et excitée en même temps, car j'ai l'intuition que nous allons avoir une nouvelle piste à explorer aujourd'hui.

– Combien tu paries que Sophie va nous placer en équipe, toi et moi ? demande ma meilleure amie.

– Je ne sais pas. Je souhaite seulement que nous ne nous retrouvions pas jumelées avec Katia ou Véronique ! rétorqué-je.

– Ah ! J'avais oublié ça ! s'exclame Maude. Ouvre grand les yeux, Zoé. Il faut examiner chaque chandail du camp, d'ac ?

– Ouais ! dis-je en poussant la porte de la cabane. Allons d'abord déjeuner.

Après le repas, Sophie, Katia et Véronique nous attendent dehors. Le terrain de tir à l'arc est situé à l'autre bout du terrain, à côté de la section des garçons. Je pense à Martin qui nage sûrement dans le lac présentement. Nous arrivons finalement au terrain.

– O.K., les filles ! s'exclame Sophie en sortant le matériel d'un petit entrepôt. Je vais vous grouper par deux.

Maude et moi, nous nous regardons en souriant.

– Alors, puisqu'une des devises du camp est « l'amitié pour s'amuser », Zoé, tu es avec Katia et Maude avec Véronique. N'oubliez pas que les...

Maude et moi restons muettes. Katia me déteste tellement qu'elle va tout faire pour gâcher ma journée.

Nous installons les cibles. Les arcs et les flèches sont à nos pieds. Sophie va aider Maude et Véronique pendant que Katia se prépare, étire son arc et atteint la cible à quelques reprises.

– As-tu besoin d'aide, Katia ?

– Non. Tu me prends pour qui !

Je réplique :

– Pour... Katia. Rien de moins.

– Quoi ? Qu'est-ce que tu as dit ?

– Ah, rien, rien !

Elle hausse un sourcil et va chercher ses flèches. Je m'empare de l'arc. Je ne suis pas la meilleure à envoyer les flèches sur la cible... Je les envoie plutôt sur le foin, derrière... Katia me dit qu'elle va se chercher de l'eau. Enfin, elle ne sera pas là pour rire de moi. J'essaie de viser le centre de la cible, les doigts bien placés. Je jette un petit coup d'œil vers Maude. Elle me montre son pouce qui pointe vers le haut. Ça veut dire qu'elle veut que je réussisse.

Je lâche la flèche. PAF ! Directement dans le centre ! Je me retourne vers Maude.

– WOOUUH ! Youpi ! Je l'ai eu !

– Bravo, Zoé ! crie mon amie. Sophie sourit et Véronique me regarde comme si j'étais une extraterrestre.

Je suis tellement fière de moi ! Nous nous adonnons au tir à l'arc tout l'avant-midi et nous rangeons ensuite le matériel.

– Zoé, j'aimerais bien aller appeler ma famille, me murmure Maude. Tu viens à la cabane avec moi chercher de la monnaie ?

Je propose à Maude d'aller l'attendre aux téléphones publics, qui se trouvent dans la salle communautaire. En m'y rendant, je rencontre des campeurs et nous discutons des activités de ce matin. Je m'apprête à leur raconter ma réussite au tir à l'arc quand j'aperçois Maude qui accourt.

– ZOÉ ! ZOÉ !

– Qu'est-ce qui se passe ?

– Je ne trouve plus mon argent ! s'écrie Maude.

– Mais voyons, as-tu cherché partout ?

– Partout ! Je l'avais pourtant bien caché avec tout ce qui s'est passé ces derniers jours..

– Maude, je crois qu'il faudrait vraiment que nous trouvions le voleur...

Chapitre douze

La pièce manquante

NOUS entrons dans la cafétéria, pour manger.

– Je déteste avoir plein de pistes et aucun suspect ! soupire mon amie.

– Mais, nous avons des suspects !

– Ah oui ? Lesquels ? demande Maude.

– Eh bien, premièrement, je n'ai pas rayé Katia de la liste. Donc, ça en fait une. Deuxièmement, Jérémie me semble toujours mal à l'aise et horriblement silencieux.

– Ouais ! Y a-t-il un troisièmement ? me demande Maude, curieuse.

– Et troisièmement, avant que je sois jetée dans le lac, j'ai aperçu une lumière dans une cabane.

– Sainte pinotte ! Pourquoi tu ne l'as pas mentionné ?

– J'ai oublié. Et tu sais quoi ?

– Quoi ? demande Maude.

– La cabane était celle de Martin. Et Jérémie n'était pas au feu…

– Ça alors !

– Ni Cédric...

– Quoi ?

– Il n'était pas là, Maude ! dis-je en cherchant Martin des yeux.

– Peut-être qu'il était occupé ailleurs... dit mon amie en faisant signe à Martin.

Maude et moi allons chercher notre dîner. En voyant le menu de ce midi, Maude fait la grimace.

– Wark ! du brocoli ! Ah non, sainte pinotte, je DÉTESTE le brocoli !

– Prends seulement le pâté au poulet, dis-je en riant.

– Ah... d'accord ! dit-elle en riant elle aussi. Nous allons nous asseoir.

– Salut les filles ! nous dit Jérémie.

– Des nouvelles ? demande Martin.

– Ça devient vraiment embêtant. Maude croit qu'on lui a volé son argent !

– Encore un vol ? questionne Jérémie.

– Hé, les filles, vous savez quoi ? continue Martin. Ce matin, quand je me suis levé, il y avait un chandail du camp étalé par terre. Et croyez-le ou non, la manche gauche était déchirée. Heureusement que j'avais gardé le morceau de T-shirt trouvé au lac. Je l'ai donc ajusté à la manche du chandail. Les deux pièces semblent faire la paire.

– Quoi ? s'exclame Maude, intriguée. Elle regarde Jérémie, discrètement.

– Cela veut dire que c'est quelqu'un de ta cabane ?

– Oui, reprend Martin. Et lorsque nous sommes allés nous baigner au lac, j'ai remarqué que Cédric avait une plaie au bras gauche... et le T-shirt était déposé au pied de SON lit...

Chapitre treize

Tolérance zéro !

Le ciel est nuageux lorsque nous arrivons en face de la cabane de Martin et Jérémie. Cédric s'y trouve. La radio joue un air connu que l'on peut entendre de l'extérieur.

Katia et Véronique sont sur le terrain de tir à l'arc, juste à côté. Katia a un air très curieux.

– Elle nous regarde comme si nous étions des voleurs, dis-je tout bas à Martin.

– Elle a peut-être quelque chose à se reprocher ? poursuit Martin.

– Ce qu'elle peut me taper sur les nerfs, dit Maude en regardant Katia.

Martin et moi rions. Il cogne à la porte de la cabane. Nous entendons Cédric bouger. Il éteint la radio. Quand il ouvre la porte, je remarque qu'il ressemble un peu à mon frère Dominic. Tout à coup, je m'ennuie de mon chez-moi...

– Ah ! Salut Jérémie ! Ça va ? s'exclame Cédric.

– Oui, oui, ça va, répond Jérémie, un peu gêné.

– Ah bien... Bonjour Martin ! Et bonjour les filles !

– Cédric, annonce Martin, il faut qu'on discute.

Cédric nous lance un drôle de regard.

– Qu'on... discute ?

– Ouais, reprend Maude. De choses sérieuses à part ça !

– Très sérieuses, dis-je.

Jérémie sourit et Cédric recule d'un pas incertain.

– Entrez ! dit-il en essayant de garder son calme.

Maude s'assoit sur un lit, Jérémie et Martin s'installent sur des chaises et moi je reste debout.

– Est-ce qu'il s'est passé quelque chose de grave ? demande Cédric.

– Oui ! dit Maude. Des sacs, de l'argent et des effets personnels ont été volés !

– Et moi, dis-je, on m'a jetée dans le lac et j'ai failli me noyer.

– Tu veux bien nous raconter la vérité, Cédric ? demande Martin.

Maude avance légèrement la tête, attendant une réponse. Je croise mes bras et Martin tambourine sur ses cuisses.

– Quelle vérité ? demande-t-il, très nerveux.

– Les vols... Zoé dans le lac... ! continue Maude.

– Je suis certain que tu sais de quoi nous parlons, Cédric, enchaîne Jérémie. Et c'était le même scénario il y a une semaine !

– Bon, pas encore vous trois ! dit une voix.

Nous nous retournons tous. C'est Katia qui se tient sur le pas de la porte.

– Katia, veux-tu bien nous laisser tranquilles ! réplique Maude.

Katia l'ignore.

– Encore en train de causer des ennuis, n'est-ce pas ?

Martin fronce les sourcils et secoue la tête.

– Katia, ceci ne te concerne pas. Tu peux t'en aller.

Véronique, qui est à côté d'elle, sourit.

– Pff ! Si vous croyez qu'on a peur ! lance-t-elle.

– Bon, ça suffit, dit Cédric, tout le monde au bureau de M. Grosbois ! J'en ai assez de vos disputes ! Nous allons régler ça là-bas, un point c'est tout !

Tout le monde se lève. Katia hausse son sourcil et lance :

– Je n'ai pas besoin de ce stupide bedonnant pour régler mes problèmes !

– Ça suffit, Katia, dit Cédric en la prenant par le bras. Tu nous suis ou je te renvoie chez toi !

Katia le suit. Nous nous regardons, incertains, pendant que nous marchons vers le bureau. Pourquoi Cédric se montre-t-il si gentil après avoir été si méchant avec nous ? Et pourquoi Katia s'est-elle mêlée de la conversation ?

En passant devant le terrain de basketball, je souris en pensant à la super partie Maude-Katia. Nous arrivons à la salle communautaire et Katia nous fusille d'un regard meurtrier. Jérémie cogne à la porte. M. Grosbois l'ouvre. Il porte encore ses fameux pantalons à carreaux ainsi que le chandail du camp qui est pas mal serré sur son ventre.

– Que se passe-t-il ? demande-t-il.

– Katia a envoyé des lettres de menace à Zoé et elle n'arrête pas de nous embêter ! s'écrie Maude.

– Pff, Maude, tu mens ! C'est toi qui as fait tout ça !

– Quoi ? Répète ce que tu viens de dire !

Maude se place en face de Katia, les mains sur les hanches.

– Va jouer les détectives ailleurs, Maude, et laisse-moi tranquille ! réplique Katia. De plus, dis-moi comment tu fais pour avoir des amis comme ça ?

– J'en ai assez ! s'écrie Maude. Et elle se jette sur Katia, la plaque au sol et lui donne des coups. Katia tire les cheveux de Maude et lance ses lunettes sur le sol. Elles n'entendent pas quand on leur crie d'arrêter. Katia donne des coups à Maude et cette dernière lui crache des insultes à la figure lorsque M. Grosbois soulève Maude par les bras.

– C'est assez, les filles ! dit-il.

Katia roule les yeux et Maude récupère ses lunettes.

– Vous savez que je ne tolère AUCUNE violence dans mon camp ! dit le directeur.

Katia soupire.

– Excusez-vous et que ça saute !

Il fronce les sourcils et attend. Maude tend la main et dit :

– Excuse-moi, Katia.

– Hmpf ! dit Katia en regardant la main de Maude.

En voyant que tout le monde la regarde, Katia serre la main de Maude et dit :

– Viens-t'en, Véro, nous n'avons plus rien à faire ici. Et elles s'éloignent.

Maude vient s'asseoir près de moi et elle me dit qu'elle aurait dû lui arracher la langue.

M. Grosbois s'éclaircit la voix et s'installe à son bureau.

– Bon, vous allez tout m'expliquer, du début à la fin.

Cédric s'apprête à quitter, lorsque Martin insiste pour qu'il reste avec nous.

– Vas-y, Zoé, me dit-il.

Je raconte tout : les lettres de menace, l'oiseau mort et la partie de basket-ball contre Katia.

– D'accord, dit le directeur, mais qu'est-ce que Cédric vient faire dans cette histoire ?

– C'est là que ça devient un peu plus intéressant, dis-je.

Cédric avale sa salive.

– Je n'ai rien à voir là-dedans...

– Écoutons d'abord la version de Zoé.

– Nous croyons qu'il m'a jetée dans le lac ! m'écrié-je.

Nous racontons l'histoire des vols, l'incident du lac, et Martin montre le morceau de T-shirt déchiré.

– Tu devrais ranger tes affaires, Cédric, dit Martin.

Cédric se balance d'un pied sur l'autre. Il regarde discrètement M. Grosbois, d'un air inquiet. Notre directeur hoche lentement la tête.

– Cédric, sérieusement, si tout cela est vrai, tu me déçois, dit-il.

Nous attendons que Cédric s'explique. Ce dernier hésite puis passe aux aveux.

– Ça fait longtemps que je veux une moto. Et je n'ai pas beaucoup d'argent. J'ai donc commencé à voler de l'argent aux campeurs, et du matériel que je voulais revendre pour pouvoir me la payer, cette moto. Mais il y a eu quelques complications. C'est là que j'ai commencé à faire l'idiot. Tu sais, Zoé, pour le lac... c'est moi qui t'ai suivie. Je savais que tu étais seule. Je ne voulais pas que tu te noies, je voulais simplement te faire peur pour que tu abandonnes l'enquête !

– Cédric ! Tu te servais des campeurs pour tes besoins d'argent. C'est affreux et inacceptable ! dit M. Grosbois.

– Oui, je sais, Monsieur.

– Tu sais que c'est très mal, Cédric ! Pour la sécurité de mes campeurs, je dois te renvoyer du camp. Je vais devoir téléphoner à la police et porter plainte contre toi.

Cédric baisse les yeux et M. Grosbois secoue la tête.

– Je n'aurais jamais cru que cette affaire prendrait de telles proportions, continue-t-il. J'aurais dû engager un détective....

– Mais vous AVEZ un détective ! dit Martin.

– Vous en avez même quatre, dit Maude en souriant.

M. Grosbois éclate de rire.

Chapitre quatorze

La chasse aux sacs

C'EST notre dernier souper au camp.

– Mais où sont donc passés Martin et Jérémie ? demande Maude. Ah ! les voilà !

– Nous avons discuté un peu, dit Martin.

– Alors, les amis, c'est la fin. Je suis bien contente que ce mystère soit résolu, parole de Zoé !

– Moi aussi, sainte pinotte ! dit Maude.

Martin et Jérémie éclatent de rire.

Je termine mon macaroni et m'essuie la bouche. Jérémie boit une gorgée de lait et dit :

– En tout cas, j'espère que vous allez retrouver vos choses, les filles !

Maude sursaute.

– Oui, j'espère qu'on pourra les récupérer. J'ai hâte de ravoir mon baladeur et mon argent !

– Et moi, je voudrais bien retrouver mon sac, dis-je.

– Peut-être que vous allez les retrouver au centre du camp, dit Martin, le sourire moqueur.

– Qu'est-ce que tu veux dire par là ? demande Maude.

– Allez voir au centre du camp ! dit Jérémie en faisant un clin d'œil à Martin.

Maude me regarde. Nous croyons que les garçons ont retrouvé les sacs. Mon amie pose sa fourchette et nous sortons de la cafétéria. Bien sûr, en disant « le centre du camp », Martin voulait dire l'endroit où se trouve le feu. C'est là que les sacs ont été retrouvés la semaine dernière. Sans aucun doute, ils ont récupéré nos effets.

– Où sont nos affaires ? demande Maude.

– Regardez sur les bancs, dit Jérémie qui nous a rejointes.

Martin le suit en souriant. Je cherche sur les bancs. Il y a seulement un bout de papier.

– Pas une autre lettre de menace !

– Non ! dit Jérémie. Ce sont des indices !

– Des indices ? demande Maude.

– Pour prouver que vous êtes de bonnes détectives, continue Martin, nous avons préparé une chasse au trésor. Le trésor, c'est le sac de Zoé et, bien sûr, le baladeur et l'argent de Maude.

– Cédric a dévoilé à M. Grosbois l'endroit où il a caché toutes les choses volées, conclut Jérémie, fier de lui. Nous les avons récupérées près du lac. C'est Cédric lui-même qui avait dessiné un « X » rouge sur le plan. C'est là qu'il cachait ses trésors.

– Ahhh ! Je vois ! Ouvre la lettre, Zoé ! dit Maude, tout excitée.

– D'accord ! Voici ce qui est écrit :

« *Pour retrouver le butin,*
On n'attend pas à demain.
Marchons, dépêchons,
Sur la piste des Ratons. »

Nous commençons à marcher vers la piste des Ratons, derrière la section des filles. Après quelques minutes de marche, Maude aperçoit la deuxième lettre d'indices accrochée à un arbre. Elle lit:

« *Bravo, bien joué.*
Mais au lac, il faut aller.
Prenez garde aux grenouilles farfelues
On aura tout vu ! »

– En route vers le quai. C'est là que se cachent les grenouilles ! crie Maude.

– Alors ça, c'est beaucoup plus amusant que de se faire jeter dans le lac ! Parole de Zoé !

En rebroussant chemin et en passant à côté de notre cabane, nous voyons Katia.

Elle nous regarde, hausse son sourcil puis nous sourit gentiment. Nous nous regardons tous, ahuris. Katia éclate de rire, ce qui détend l'atmosphère, et elle retourne voir Sophie.

– Alors, disons qu'il y a certaines personnes qui sont de bonne humeur ! dis-je.

– Ouais, disons que c'est beaucoup plus agréable ainsi, dit Martin.

– Tout à fait d'accord, réplique Jérémie.

Maude et moi avons beaucoup de plaisir à faire la chasse aux sacs !

En arrivant au lac, Jérémie s'assoit sur le bord du quai et agite ses doigts dans l'eau. Les grenouilles s'approchent de nous. Ou bien elles n'ont pas peur... ou bien elles sont curieuses. Jérémie dépose une grosse grenouille sur un petit rocher.

– Hé, qu'est-ce qu'il y a sur ce rocher ? demande Maude.

– Ouais, on dirait une lettre ! Ah non ! la grenouille vient de sauter dessus. Eurk !

Je déplace un peu la grenouille et Jérémie la remet à l'eau en riant.

Ensuite je lis la lettre :

« *Jamais deux sans trois,*
Après tout ça, tu le sauras !
Au centre du camp, il faut retourner.
Vos choses, vous trouverez ! »

– Youpi ! s'écrie Maude. Cela veut dire que nous retrouverons enfin tout ce qu'on nous a volé, Zoé !

– Peut-être pas, Maude, dis-je. Parce que lorsque nous avons vu la première lettre, il n'y avait aucun sac là-bas !

Martin sourit.

– Tout est possible ici, les filles, leur chuchote-t-il.

Jérémie commence à marcher en souriant. Je prends le bras de Maude et nous courons jusqu'au centre du camp, comme le recommande la lettre. Nous avons tellement hâte de retrouver le butin que nous ne remarquons pas Katia qui nous suit. En arrivant au feu, Maude crie très fort :

– ZOÉ ! NOS CHOSES SONT LÀ !

Je saute de joie ! Voilà une enquête qui porte fruit : avoir du plaisir en retrouvant le butin !

– Bravo les filles ! dit une voix. Vous avez eu ce que vous vouliez !

Je me retourne. Katia est là et nous sourit. Je suis trop surprise pour parler.

Maude s'approche d'elle, la regarde un peu et lance :

– Qui êtes-vous et qu'avez-vous fait de Katia ?

Tout le monde éclate de rire.

Katia regarde tout le monde et murmure, mal à l'aise :

– Eh bien, vu qu'il fallait que je me fasse pardonner, j'ai aidé Martin et Jérémie à organiser cette petite chasse au trésor.

– Wow ! dis-je. Donc, cela veut dire que tu n'es plus fâchée contre nous ?

Katia réplique :

– Hmpf ! Je suis encore fâchée si tu...

Elle s'arrête, nous regarde d'un drôle d'air, sourit et termine :

– Non, je ne suis plus fâchée !

Des moniteurs s'approchent avec des branches, du bois et du papier journal pour allumer un feu. Il commence à faire noir. Sophie se joint à nous.

– Salut ! dit-elle. Venez vous asseoir avant que les autres campeurs arrivent. Les guimauves seront bientôt prêtes !

Maude, la gourmande, court s'installer près de notre monitrice.

– C'est notre dernier feu au camp ! fait soudain remarquer Jérémie.

– Sainte pinotte, c'est presque fini ! s'exclame Maude.

Sophie rigole.

– Les amis, dit-elle, à chaque année vous dites la même chose et l'été d'après, vous revenez encore !

– Nous savons que nous reviendrons l'an prochain, dit Katia. Pourquoi s'en faire ?

Les campeurs commencent à arriver autour du feu, on chante, le feu crépite, tout le monde essaie de profiter au maximum de sa dernière soirée au camp. Lorsque nous retournons à notre cabane, Sophie vient nous voir.

– Zoé, Maude. Je voulais vous féliciter, pour l'enquête ! Vous avez fait preuve d'audace et vous avez persévéré jusqu'à la fin. Franchement, bravo !

Maude dit merci et nous éteignons la lumière. Demain, nous quitterons la place. Je pense à tout ce qui est arrivé au Camp 2 Montagnes cet été en regardant les étoiles par la fenêtre. J'entends Maude ronfler, mais ça fait de l'ambiance. Mes paupières sont lourdes et je m'endors.

Le lendemain, tous les campeurs s'affairent à préparer leur départ. Les moniteurs ont organisé une activité surprise pour l'après-midi.

Martin est le plus excité de nous trois. Il arrive à notre cabane en courant et cogne à la porte :

– Allez, les filles ! Dépêchez-vous ! Nous allons déjeuner !

– Martin, crie Maude, tu as vu l'heure ? Moi, à onze heures, j'appelle ça DÎNER !

Martin nous regarde, il hésite.

– Ouais, ouais, d'accord ! Allez, venez !

Nous nous rendons à la cafétéria, où nous attendent d'autres campeurs. Nous nous régalons.

En sortant de la cafétéria, M. Grosbois est là et il attend que tous les campeurs soient à l'extérieur.

– Bonjour, campeurs et campeuses. Aujourd'hui, votre séjour au Camp 2 Montagnes s'achève. J'espère que vous vous êtes bien amusés !

Tout le monde applaudit.

– Malgré quelques incidents, poursuit-il, tout se termine bien. Je suis fier de vous. Je vous souhaite une bonne année et on se revoit l'année prochaine. Entre-temps, je vous laisse à vos moniteurs qui vous ont préparé quelques activités à faire en équipe.

Tout le monde crie de plus belle.

Martin et Jérémie font équipe ensemble et Maude se joint à moi. Nous faisons une partie de basket-ball, une course à obstacles dans le parc, des sauts au centre du camp, du tir à l'arc, nous nageons dans le lac... Bref, nous sommes un peu fatigués à la fin de l'après-midi. Les moniteurs annoncent les vainqueurs : Martin et Jérémie ! Tout le monde est content pour eux. Soudain, nous entendons des klaxons.

– Les autobus ! crie Sophie. Allez, tout le monde ! On va chercher nos bagages !

On se salue une dernière fois et on s'embrasse. C'est le moment de retourner à la maison. Dans l'autobus, nous chantons et parlons. Nous sommes tristes d'avoir quitté le camp, mais nous sommes contents de retourner à Vankleek Hill !

Chapitre quinze

De retour à Vankleek Hill !

En descendant de l'autobus, je vois mon frère Dominic qui nous attend. Je lui saute au cou en lui disant combien il m'a manqué.

– Ça va, Zoé ? Heureux de te revoir ! J'ai fait une enquête fantastique pendant que vous étiez partis !

– Nous aussi, si tu savais, dis-je.

Nous montons dans la voiture.

– Eh, les amis ! dit Maude en bouclant sa ceinture, est-ce que vous avez réalisé que dans quelques jours, c'est la rentrée scolaire ?

Martin soupire.

– Ah non... dit-il en riant.

– Moi j'ai hâte de revoir tout le monde ! dis-je.

Nous racontons des anecdotes de notre séjour au camp à Dominic. Il sourit et nous parle de voitures, sa grande passion.

Nous voilà enfin arrivés. Nous sortons de l'auto.

– J'espère que nous allons faire d'autres enquêtes ! dis-je en poussant la porte.

Mes amis font oui de la tête.

Mes parents m'attendent devant la maison. Ils sont contents de me voir.

– Alors, Zoé, demande mon père, as-tu eu du plaisir, au camp ?

Je regarde mes amis qui s'éloignent en souriant.

– Oh oui ! Nous avons mené toute une enquête !

Je fais un clin d'œil à Maude et Martin. À bien y songer, nous avons passé les meilleures vacances de notre vie...